L'arbre généreux

Shel Silverstein

L'arbre généreux

l'école des loisirs
11, rue de Sèvres à Paris 6e

Traduit de l'américain par Michèle Poslaniec
© 1982, l'école des loisirs, Paris, pour l'édition en langue française
© 1964, Shel Silverstein, pour les illustrations et le texte original
Titre original : « The giving tree » (harper and Row, New York, 1964)
Loi numéro 49 956 du 16 juillet 1949 sur les publications
destinées à la jeunesse : octobre 1982

Dépôt légal : janvier 2007
Imprimé en France par Aubin Imprimeur à Poitiers

ISBN : 978-2-211-09415-3

Pour

Nicky

Il était une fois un arbre...

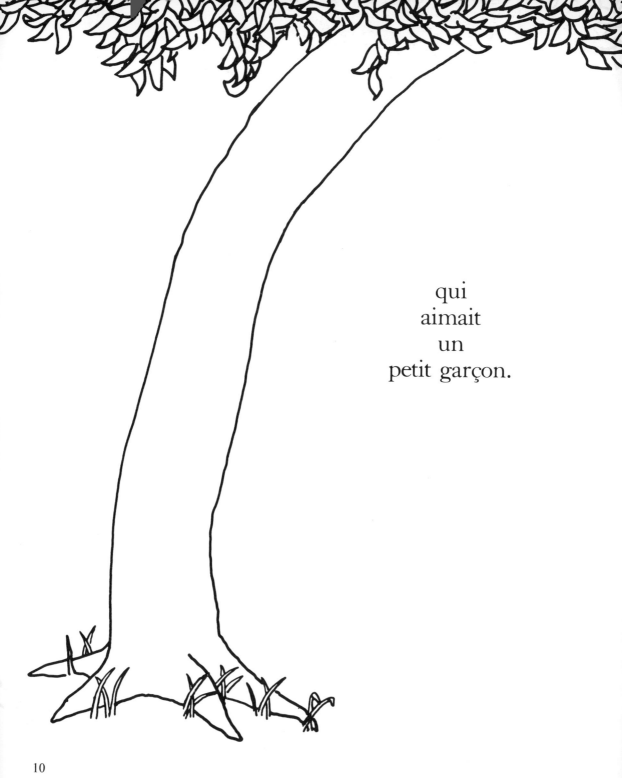

qui
aimait
un
petit garçon.

11

Et le garçon
venait le voir
tous les jours.

Il
cueillait
ses
feuilles

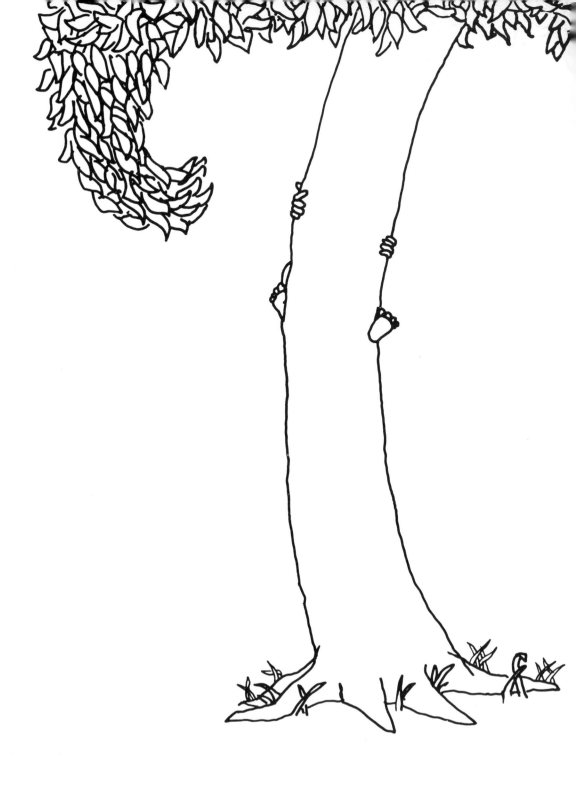

Il grimpait à son tronc

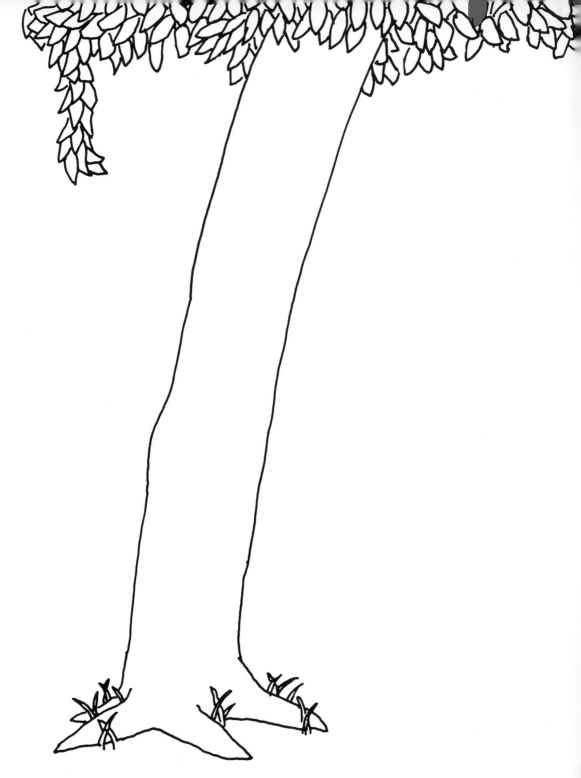

et se balançait à ses branches

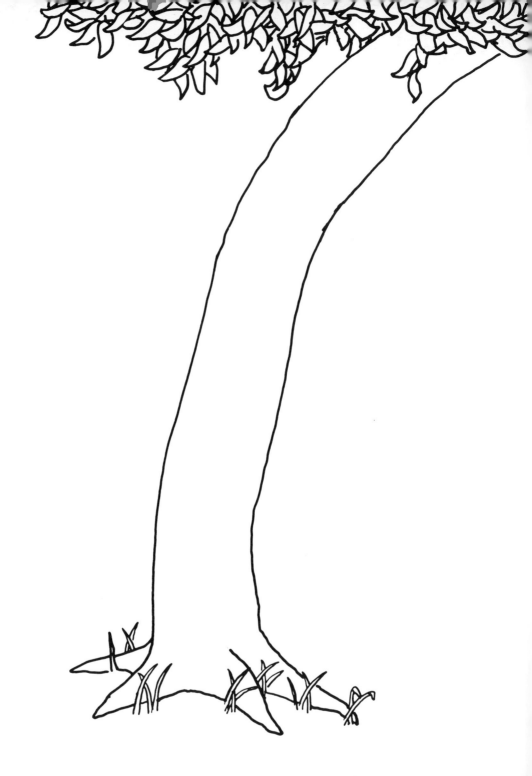

et mangeait ses pommes.

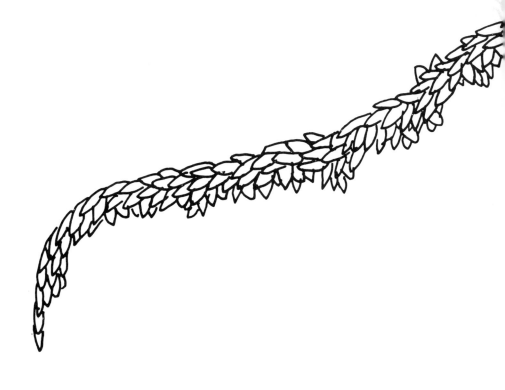

Et puis
ils jouaient
à va-te-cacher.

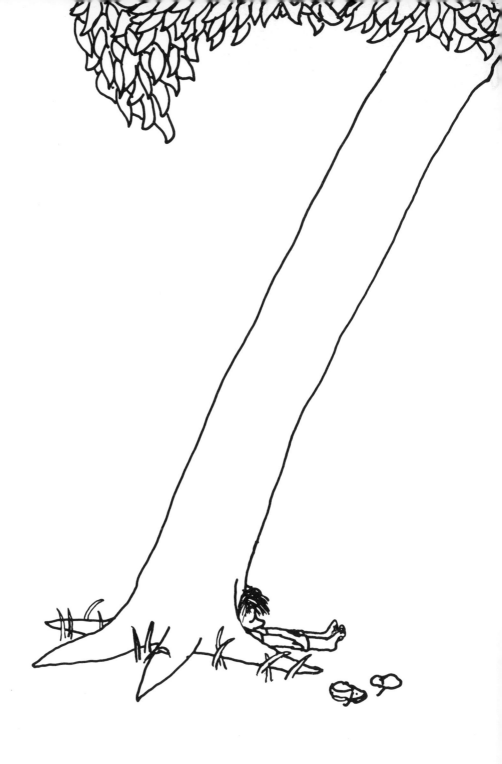

Quand
il était fatigué
il dormait
dans son ombre.

Et le garçon aimait l'arbre…

énormément.

Et l'arbre était heureux.

Mais le temps passa.

Et le garçon grandit.

Et l'arbre resta souvent seul.

Puis un jour le garçon vint voir l'arbre
et l'arbre lui dit:
«Approche-toi, mon garçon, grimpe à mon tronc
et balance-toi à mes branches
et mange mes pommes et joue dans mon ombre
et sois heureux.»
«Je suis trop grand pour grimper aux arbres
et pour jouer», dit le garçon.
«Je veux acheter des trucs et m'amuser.
Je veux de l'argent.
Peux-tu me donner de l'argent?»
«Je regrette», dit l'arbre,
«mais je n'ai pas d'argent.
Je n'ai que des feuilles et des pommes.
Prends mes pommes, mon garçon, et va les
vendre en ville. Ainsi tu auras de l'argent
et tu seras heureux.»

39

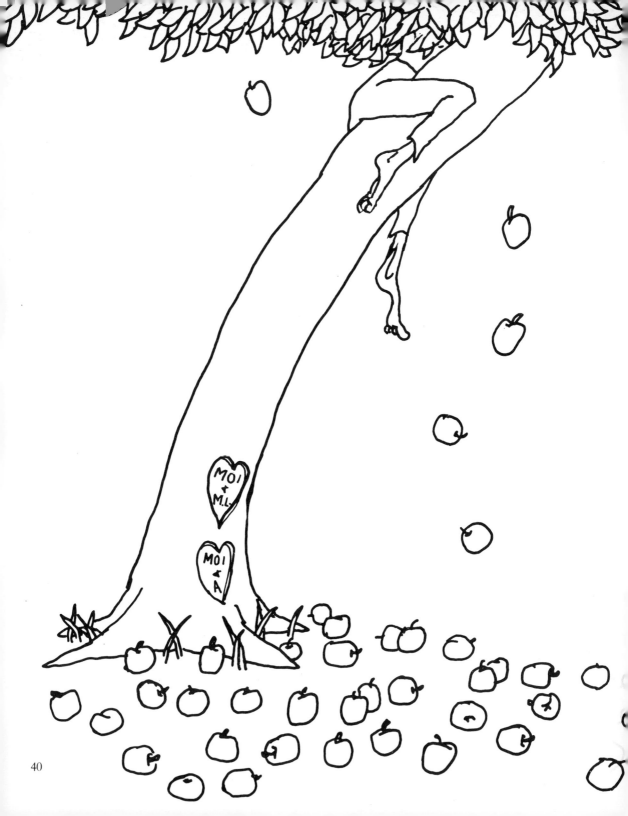

Alors le garçon
grimpa dans l'arbre,
cueillit les pommes
et les emporta.

Et l'arbre fut heureux.

Mais le garçon resta longtemps
sans revenir…
Et l'arbre devint triste.
Puis un jour
le garçon revint;
l'arbre trembla de joie et dit:
«Approche-toi, mon garçon,
grimpe à mon tronc
et balance-toi à mes branches
et sois heureux.»

«J'ai trop à faire pour grimper
aux arbres», dit le garçon.
«Je veux une maison
qui me tienne chaud», dit-il.
«Je veux une femme
et je veux des enfants,
j'ai donc besoin d'une maison.
Peux-tu me donner une maison ?»
«Je n'ai pas de maison», dit l'arbre.
«C'est la forêt ma maison,
mais tu peux couper mes branches
et bâtir une maison.
Alors tu seras heureux.»

Le garçon lui coupa donc
ses branches
et les emporta
pour construire sa maison.

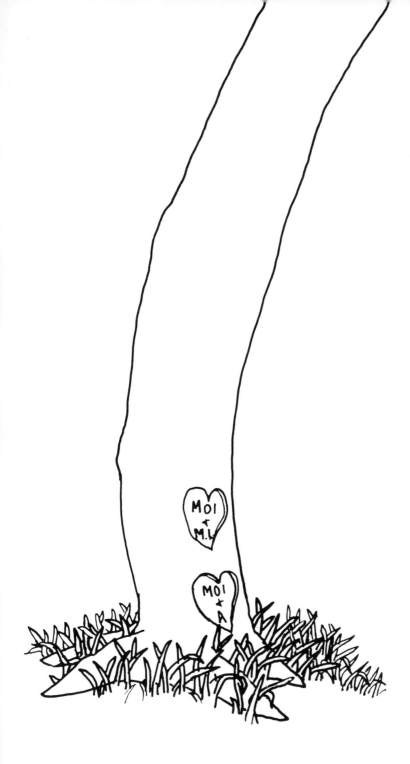

Et l'arbre fut heureux.

Mais le garçon resta longtemps
sans revenir.
Et quand il revint
l'arbre fut tellement heureux
qu'il put à peine parler.
«Approche-toi, mon garçon», murmura-t-il,
«viens jouer.»
«Je suis trop vieux
et trop triste pour jouer»,
dit le garçon.
«Je veux un bateau
qui m'emmènera loin d'ici.
Peux-tu me donner un bateau?

«Coupe mon tronc
et fais un bateau», dit l'arbre.
«Ensuite tu pourras t'en aller...
et être heureux.»

Alors le garçon lui coupa le tronc

et en fit un bateau pour s'en aller.

Et l'arbre fut heureux…

mais pas tout à fait.

Et très longtemps après
le garçon revint encore.
«Je regrette, mon garçon», dit l'arbre,
«mais il ne me reste plus rien
à te donner…»

«Je n'ai plus de pommes.»
«Mes dents sont trop faibles pour des pommes»,
dit le garçon.
«Je n'ai plus de branches», dit l'arbre.
«Tu ne peux plus t'y balancer.»
«Je suis trop vieux pour me balancer aux
branches», dit le garçon.
«Je n'ai plus de tronc», dit l'arbre.
«Tu ne peux pas grimper.»
«Je suis trop fatigué pour grimper aux arbres»,
dit le garçon.
«Je suis navré», soupira l'arbre.
«J'aimerais bien te donner quelque chose…
mais je n'ai plus rien.
Je ne suis plus qu'une vieille souche.
Je suis navré…»

«Je n'ai plus besoin de grand-chose maintenant»,
dit le garçon,
«juste un endroit tranquille pour m'asseoir
et me reposer.
Je suis très fatigué.»
«Eh bien», dit l'arbre,
en se redressant autant qu'il le put,
«eh bien, une vieille souche
c'est bien pour s'asseoir
et se reposer.
Approche-toi, mon garçon,
assieds-toi.
Assieds-toi et repose-toi.»

Ainsi fit le garçon.

Et l'arbre fut heureux.

Fin